I0550688

ÉCRIVAINS FRANÇAIS

# ADOLPHE JULLIEN

avec un portrait d'après une photographie

de Pierre Petit

PAR

FELIX DELHASSE

**Prix net : Un franc.**

BRUXELLES

SCHOTT FRÈRES, ÉDITEURS DE MUSIQUE

82, Montagne de la Cour, 82.

PARIS

| MAISON SCHOTT, | LIBRAIRIE FISCHBACHER, |
|---|---|
| 19, Boulevard Montmartre, 19 | 33, rue de Seine, 33 |

1884

ADOLPHE JULLIEN

ÉCRIVAINS FRANÇAIS

# ADOLPHE JULLIEN

avec un portrait d'après une photographie

de Pierre Petit

PAR

## FÉLIX DELHASSE

Prix net : Un franc.

BRUXELLES

SCHOTT FRÈRES, ÉDITEURS DE MUSIQUE

82, Montagne de la Cour, 82.

—

PARIS

MAISON SCHOTT,                    LIBRAIRIE FISCHBACHER,

19, Boulevard Montmartre, 19         ·   33, rue de Seine, 33

1884

# ADOLPHE JULLIEN

Notre confrère Jullien, de ses prénoms Jean-Lucien-Adolphe, littérateur français, comme le qualifient Fétis-Pougin et Vapereau, plus spécialement historien dramatique et critique musical, est né à Paris, le 1er juin 1845. Il descend d'une famille du Dauphiné illustrée par plusieurs de ses membres et est, en particulier, fils et petit-fils d'universitaires réputés.

Son grand-père, Bernard Jullien, né en 1752 au Péage-lès-Romans, petit bourg du Dauphiné, conquit en 1773 le diplôme de maître ès-arts de l'Université de Paris et devint professeur au Collége de Navarre, où la Convention Nationale installa plus tard l'Ecole Polytechnique. Après la Révolution, il fut nommé professeur au Prytanée militaire de Saint-Cyr et de La Flèche : il prit sa retraite en 1816 et mourut dans sa ville natale en 1826. " ...Un M. Jullien fort instruit en littérature anglaise, „ dit Sainte-Beuve, en énumérant les habitués du salon de Mme de Beaumont, de 1800 à 1803. C'était précisément M. Bernard Jullien, qui pu-

bliait en 1801 une traduction française des *Lettres
sur l'Inde* du lieutenant-colonel Taylor, et qui écrivait
plus tard à un sien ami : " Je te dirai tout bas que
quand Bonaparte était à Paris, je lui traduisais les
journaux d'Angleterre. „

Son père,né à Paris en 1798 et qui y est mort en 1881 à
près de quatre-vingt-quatre ans, fut l'ami et le principal collaborateur de Littré pour le grand *Dictionnaire
de la langue française*, auquel son nom restera toujours attaché. Marcel-Bernard Jullien, d'abord membre
de l'Université, professeur de rhétorique à Bourbon-
Vendée et principal du Collége de Dieppe, révoqué
contre toute justice en 1836, puis professeur libre à
Paris, faisant des cours très suivis à l'Athénée royal,
docteur ès lettres, licencié ès sciences, rédacteur en
chef de la *Revue de l'instruction publique* pendant
vingt-cinq ans, bien connu par ses nombreux travaux
de grammaire et de littérature, par ses vues si indé-
pendantes en histoire, en critique, en philosophie, est
un des rares écrivains-professeurs qui aient su, en
France, acquérir un renom solide en dehors de la
carrière officielle et sans l'appui de l'Université.

M. Adolphe Jullien, notre confrère, est aussi petit-
neveu du Conventionnel Marc-Antoine Jullien, dit Jullien de la Drôme,qui avait fait également sa carrière de
l'enseignement public, et cousin et filleul d'Adolphe
Jullien, le célèbre ingénieur général et directeur de
chemins de fer, mort il y a quelque dix ans. M. Adol-

phe Jullien fit toutes ses études littéraires à Paris, au lycée Charlemagne; après avoir pris le diplôme de licencié en droit, il compléta ses études musicales, commencées dès l'enfance, et reçut des leçons d'harmonie et de contrepoint d'un ami de son père, Bienaimé, professeur retraité du Conservatoire de musique et de déclamation.

En 1869, M. Adolphe Jullien donna son premier article au *Ménestrel*, sur *le Paradis et la Péri*, de Schumann, que Mlle Krauss venait de chanter au Théâtre-Italien sans aucun succès: il marquait déjà les mêmes préférences réfléchies et convaincues qu'il a toujours montrées pour des maîtres alors ou contestés ou conspués, Schumann, Wagner, Berlioz, qui obtiennent aujourd'hui le triomphe éclatant que l'on sait.

A dater de cette époque, il a collaboré très activement à la *Revue et Gazette musicale*, au *Ménestrel*, à la *Chronique musicale*, à la *Renaissance musicale*, à la *Revue contemporaine*, au *Courrier littéraire*, au *Moniteur du Bibliophile*, à la *Revue de France*, au *Correspondant*, à la *Revue Britannique*, à l'*Art*, etc. Tandis qu'il publiait dans les recueils exclusivement musicaux des articles militants et d'importants travaux historiques, d'une érudition inattaquable, M. Jullien donnait aux grandes revues littéraires des études très nouvelles et très fouillées sur le siècle dernier, qu'il connaît mieux qu'homme au monde; et ces travaux, tous appuyés de pièces originales, le mettaient au premier rang parmi les historiens de ce dix-huitième siècle aujourd'hui tellement aimé de tous les publics.

De plus, M. Jullien a fourni, en diverses occasions, des articles de longue haleine au *Figaro*, un entre autres à propos de la reprise solennelle du *Roi s'amuse*, établi d'après le traité original conclu entre l'éditeur Renduel et Victor Hugo, sans négliger des lettres inédites de celui-ci que Renduel a transmises à M. Adolphe Jullien, avec force autres papiers du plus haut intérêt pour l'histoire du Romantisme en son beau temps. Il en tirera bien un livre quelque jour, et ce livre, on peut l'assurer, fera grand bruit dans le Landernau littéraire.

Depuis près de douze ans, depuis le mois de mai 1872, M. Adolphe Jullien est chargé du feuilleton musical au journal *le Français;* il le rédige avec une compétence bien rare parmi les journalistes parlant musique, avec une franchise et une vigueur qui lui ont valu de nombreux ennemis, mais aussi de chauds partisans, tant il paraît étrange, aujourd'hui, de voir un critique oser parler net et franc. Mais ici nous n'apprenons rien à nos lecteurs, le *Guide musical* et les journaux de notre pays ayant souvent reproduit des articles de M. Jullien qui lui ont acquis en Belgique un renom mérité.

Les feuilletons musicaux de M. Adolphe Jullien ont toujours été très lus, très appréciés en Belgique, où ses opinions wagnériennes, si vivement défendues,

devaient lui gagner tous les suffrages, Bruxelles
ayant quelque peu devancé Paris pour reconnaître et
saluer en Richard Wagner un novateur de génie.
Aussi s'aperçut-on vite, il y a trois ou quatre ans,
qu'un journaliste liégeois, qui parlait avec autorité,
découpait simplement ses articles dans les livres et
feuilletons un peu anciens de M. Jullien. L'affaire
fit du tapage, la petite presse et les journaux de ca-
ricatures s'en donnèrent à cœur-joie, enfin tout se ter-
mina par une courte note de M. Jullien dans le
*Français* : il ne voulut pas abuser de la situation
contre qui lui marquait tant d'estime, et peut-être
aujourd'hui, grâce à ce procédé délicat, les deux criti-
ques ont-ils gardé l'un de l'autre un bon souvenir.

* * *

Plutôt que d'apprécier nous-même en M. Jullien le
critique et l'écrivain, mieux vaut passer la plume à
un juge de l'ordre et de la valeur de M. J.-J. Weiss.
Celui-ci, l'année dernière, a consacré tout un feuilleton
dramatique des *Débats* au bel ouvrage de M. Adolphe
Jullien : *la Comédie à la Cour*. Mais, avant d'arriver
au livre, M. Weiss étudiait l'auteur lui-même et, pour
mieux expliquer son caractère et son talent de critique, il remontait à son père et traçait alors un char-
mant croquis des universitaires d'il y a cinquante
ans. Puis du père il revenait au fils. C'est un plaisir

que de lire pareil morceau, d'un style et d'un ragoût tout particuliers :

" M. Adolphe Jullien est l'une des personnalités de Paris. Qui n'a lu, au moins quelquefois, son feuilleton musical du *Français?* Critique musical, M. Adolphe Jullien s'attache à des règles et défend un système. Il n'y va pas, en général, de main-morte. C'est qu'il a de qui tenir. Son grand-père était professeur d'humanités. Son père — vit-il toujours? — était, de son métier, grammairien et rhétoricien. Il l'était, selon l'ancienne mode universitaire, roide et sec sur les principes, instruit, précis et circonscrit. Nous avons tous entrevu et connu, il y a trente ans, M. Bernard Jullien à la *Revue de l'instruction publique* où les premiers prosateurs du moment actuel ont écrit, à leurs débuts, des chefs-d'œuvre à un sou la ligne, sans lecteurs. M. Bernard Jullien unissait en lui, par une capacité rare, le grade de licencié ès sciences et celui de docteur ès lettres. Il avait été régent de collège et principal, et, en fin de compte, il s'était attaché à la maison Hachette et à la *Revue de l'instruction publique.* C'était un jeu pour lui de composer des *Cours raisonnés de langue française* en vingt-trois volumes. Il traitait à la *Revue* des thèmes ou thèses *de omni re ad usum scholarum,* thèmes de grammaire, de littérature, de critique, de prosodie; thèses sur les devoirs et les procédés de l'instituteur dans son école, du professeur dans sa classe. Il se fit même, à propos d'une de ces thèses, une forte querelle avec Sainte-Beuve, dont il avait discuté et égratigné la prosodie. Ce fut, je m'en souviens, l'une des plus plaisantes fureurs de Sainte-Beuve, aigle royal qui était sujet à des colères de dindon. Il massacra littéralement, dans un de ses Lundis, l'honnête et juste M. Bernard Jullien qui ne s'attendait à rien de pareil. M. Bernard Jullien n'en continua pas moins à régenter. Toujours régent ! Toujours principal ! Un type du bon vieux temps, un exemplaire achevé de la première et de la seconde génération des *scholars* de l'Université impériale, comme étaient Vérien à Henri IV, Barrot à Louis-le-Grand, Brunie à Sainte-Barbe, Brunie de la Corrèze, l'infatigable Brunie à l'organe de tonnerre, qui, à plus de soixante-quinze ans, célébrait dans sa classe les beautés de Justin et de Florus d'une voix à faire crouler le Panthéon voisin ! Elle a maintenant disparu cette race d'éplucheurs de textes, de faiseurs de cahiers d'expressions, de gardiens féroces du *que retranché*, de la césure, de la rime riche, des tropes et des topiques. Dieu me garde de sourire d'elle ! Je la regrette. Je regrette sa discipline étroite, mais sûre. La grammaire sévère et mécanique de ces gens-là n'a peut-être été que très insuffisamment remplacée, pour l'instruction de la jeunesse, par la grammaire comparée et les procédés d'amusement du jour présent ; leur chaude et naïve rhétorique, qui se pâmait une heure durant sur le tour ingénieux d'une phrase de Salluste et sur le bonheur avec lequel Burnouf avait fait passer dans notre langue ce tour intraduisible, valait bien, je pense, pour la culture des jeunes esprits, les lectures philologiques et la géographie à bouche que veux-tu. Qui nous rendra jamais des grammairiens et des prosodistes selon la formule Bernard Jullien ?

„ Je remue ces lointains souvenirs parce que le fils marche, après tout, sur les traces du père. De l'aïeul et du père au petit-fils et au fils, la race s'est affinée. M. Adolphe Jullien a changé de domaine; il est artiste, et non plus *scholar;* il est mêlé, par métier de feuilletoniste, aux choses mondaines et profanes; il a la plume élégante et alerte. Il n'en est pas moins resté, pour la méthode critique, un vrai Jullien, un Jullien pur sang. Je ne lui en fais pas reproche, bien au contraire. Entre les cent manières possibles de concevoir et de pratiquer la critique, la plus anciennement connue est encore la plus immédiatement profitable pour le public, pour l'art, et surtout pour les auteurs, quoique ceux-ci l'aient fort en grippe. La critique dont je veux parler, la critique d'avant l'invention de la haute critique et de l'hypercritique, suppose qu'il y a un beau et un système du beau ; elle consiste à juger les œuvres et à en signaler les défauts et les qualités d'après des règles fixes qu'elle peut interpréter avec plus ou moins de largeur, mais qu'elle ne perd jamais de vue. On n'use plus guère maintenant de cette méthode pour décider de la valeur d'un livre ; on en use encore pour l'appréciation des œuvres théâtrales. C'est celle qu'a pratiquée, pendant un quart de siècle, M. Sarcey, avec une autorité magistrale. C'est celle que pratiquaient avant lui, avec leurs qualités propres, les Rolle et les Fiorentino. Janin, ici, s'en passa ; mais c'était Janin, qui suppléait à tout par la richesse éblouissante de son style et le feu de son imagination. M. Adolphe Jullien est de ceux qui l'ont remise en honneur pour la critique musicale.

„ La méthode paraît bien terre à terre. Elle exige pourtant deux qualités de l'esprit rarissimes : c'est qu'on ait le goût sûr et qu'on soit sûr de son goût.

M. Adolphe Jullien possède certainement la seconde
de ces deux qualités. Les gens du métier, et, entre
autres, M. Reyer, mon spirituel et savant collaborateur, lui reconnaissent la première et tiennent ses jugements en haute estime. Je fais volontiers comme
eux. Lecteur fidèle de M. Jullien, très convaincu de sa
haute compétence, je ne demanderais pas mieux que
de souscrire sans réserve à tous ses arrêts. Mais il y
a une réserve, une forte, qui ne tombera jamais ; car
M. Jullien m'a bien l'air de ne jamais vouloir se ranger
à ce principe fondamental d'esthétique, que chaque
art a ses limites et son objet propre ; que l'art du musicien a pour objet incontestable la musique, la musique avant tout, et qu'il suit de là que c'est le droit
du musicien de faire de la musique pour la musique,
le droit du public de se plaire à la musique d'un opéra,
pourvu qu'elle soit musicante, musicale, musicalissime,
quand bien même elle ne serrerait pas de très près le
sujet du libretto et ne se fondrait pas dans les paroles
du poëme. Là-dessus, sur ce principe qui appartient à
l'esthétique générale, laquelle domine toutes les esthé-
tiques particulières de tel ou tel groupe de musiciens,
de peintres et de poëtes, il me serait impossible de
transiger. Tout le noble plaisir que m'ont donné, quand
je les ai entendus à Vienne et à Munich, le premier
acte du *Lohengrin* et le second du *Vaisseau fantôme*,
ne me fera point accepter la théorie wagnérienne pure,
qui suppose l'assimilation de deux arts dissemblables,
la poésie et la musique, l'identité du drame parlé et
du drame chanté, l'équivalence des moyens de la pa-
role et des moyens de l'orchestre. Cette théorie domine un peu trop strictement la critique musicale de

M. Jullien. Sa critique, pour tout dire d'un mot, manque
de jeu et non de goût. Il la soutient, d'ailleurs, par un
savoir étendu et bien distribué. Et ce n'est pas tout
des qualités d'esprit! Pour la critique, telle que l'en-
tend M. Jullien, il faut, avec la science et le goût, une
énergie singulière de caractère. Le moral est peut-être,
dans M. Jullien, ce qu'on doit le plus admirer. Serviteur
intègre et inflexible du vrai, M. Adolphe Jullien ne
respecte ni le rang, ni le renom acquis, ni l'âge, ni le
sexe. On a beau lui dire : " Je suis de l'Institut; je
suis grand-officier de la Légion d'Honneur et je serai
demain grand-croix; mon nom est célèbre dans toute
l'Europe. „ Il répond crûment : " Oui, mais vous ne
savez pas la musique et vous venez d'écrire un bien
mauvais drame musical. „ A dire ainsi la vérité sans
fard, dans notre temps et notre pays où tout se règle
par les salons et les relations, les coteries et les Aca-
démies, il y a bien de l'honneur (1). „

*
* *

Parmi les publications de M. Adolphe Jullien, plusieurs, devenues très rares, sont déjà très recherchées
des amateurs, en particulier ses livres sur le dix-
huitième siècle et ses premières brochures (on en
trouve exactement la date et l'intitulé dans le *Sup-
plément* de Fétis), que les bibliophiles ne laissent
échapper à aucun prix sous leur forme originale, bien
qu'ils les retrouvent, améliorées et augmentées, dans

(1) *Journal des Débats,* 23 juillet 1883.

les ouvrages postérieurs de M. Jullien. En effet, l'auteur, en homme extrêmement soucieux d'exactitude et qui ne croit jamais avoir assez fait pour la vérité, a repris ces premières études, les a remaniées, refondues, complétées à mesure qu'il découvrait ou recevait de nouveaux documents, puis les a, sous cette forme définitive, insérées dans ceux des livres suivants où leur place était d'avance indiquée. Aujourd'hui, sans plus parler de ces dix premières publications d'essai, M. Adolphe Jullien a déjà donné les livres suivants, qui forment son véritable bagage de critique et d'historien.

1° *Airs variés*: Histoire, critique, biographies musicales et dramatiques. Un volume in-18. Charpentier, 1877.

2° *La Cour et l'Opéra sous Louis XVI* : Marie-Antoinette et Sacchini ; Salieri ; Favart et Gluck ; d'après des documents inédits conservés aux archives de l'Etat et de l'Opéra. Un vol. in-18. Didier, 1878.

3° *La Comédie et la Galanterie au XVIII<sup>e</sup> siècle* : L'Eglise et l'Opéra en 1735, les Spectateurs sur le théâtre, le théâtre des Demoiselles Verrières, A la Bastille ; avec frontispice à l'eau-forte en trois couleurs par M. L. Rouveyre ; en-tête et cul-de-lampe à l'eau-forte par de Malval. Un vol. in-8 écu. Rouveyre, 1879.

4° *Histoire du Costume au théâtre, depuis les origines du théâtre en France jusqu'à nos jours*, ouvrage orné de vingt-sept gravures et dessins originaux tirés des archives de l'Opéra et reproduits en fac-similé. Un vol. grand in-8. Charpentier, 1880.

5° *Gœthe et la musique:* Ses jugements, son influence, les œuvres qu'il a inspirées. Un vol. in-18. Fischbacher, 1880.

6° *L'Opéra secret au XVIII° siècle*: Aventures et intrigues secrètes racontées d'après les papiers inédits conservés aux archives de l'Etat et de l'Opéra, avec frontispice, en-tête et cul-de-lampe à l'eau-forte par de Malval. Un vol. in-8 écu. Rouveyre, 1880.

7° *Mozart et Richard Wagner à l'égard des Français.* Une broch. in-8 écu. Bruxelles, Schott frères; Paris, Schott, Baur, Durand et Schœnewerk, 1881.

8° *La Ville et la Cour au XVIII° siècle*: Mozart à Paris, Marie-Antoinette musicienne, la Musique et les Philosophes, avec frontispice, en-tête et cul-de-lampe à l'eau-forte par de Malval. Un vol. in-8 écu. Rouveyre, 1881.

9° *Hector Berlioz: la vie et le combat, les œuvres;* avec un portrait de Miss Smithson, un autographe et un portrait de Berlioz. Un vol. in-18 carré. Charavay frères, 1882.

10° *La Comédie à la Cour; les théâtres de société royale pendant le siècle dernier*: La duchesse du Maine et les Grandes Nuits de Sceaux, M^me de Pompadour et le théâtre des Petits Cabinets, le théâtre de Marie-Antoinette à Trianon. Ouvrage orné d'un frontispice en chromo-lithographie, de 8 gravures en taille-douce ou eaux-fortes, de 10 gravures sur bois d'après les tableaux et portraits originaux de l'époque, et de 20 cartouches, en-tête et culs-de-lampe expressément composés pour l'ouvrage sur des motifs du xviii° siècle. Un vol. in-4 carré. Firmin Didot, 1883.

Ces neuf ou dix beaux volumes, tous très élégants
à l'œil, très instructifs pour l'esprit, car ils sont essen-
tiellement *nouveaux* de forme et de fond, constituent
déjà un assez beau bagage, aussi riche que varié. Mais
l'auteur n'en restera pas là et, tout en continuant à
tenir la plume du critique avec plus d'indépendance
encore et de vigueur, s'il est possible, M. Jullien s'ap-
prête à publier de nouveaux ouvrages.

Nous apprenons de Paris que la maison Firmin
Didot, mise en goût par le succès de cette admirable
*Comédie à la Cour*, prépare un autre ouvrage de
M. Adolphe Jullien intitulé: *Paris dilettante au commen-
cement du siècle*, qui nous révélera bien des côtés pi-
quants, bien des détails ignorés sur la musique et les
théâtres, sur le monde et la presse durant le premier
tiers du siècle actuel. Nous croyons savoir aussi que
M. Fischbacher, l'éditeur attitré des écrits sur la musique à Paris, va donner un pendant au savant ouvrage
de M. Jullien sur *Gœthe et la musique*, en publiant
un volume intitulé *Drame et musique*, où l'auteur
a réuni ses études si complètes sur Racine, Schiller
et Victor Hugo, considérés dans leurs rapports avec la
musique. Exactement comme il a déjà fait pour le
maître de Weimar.

Et ses articles de critique militante, où il dit si
bien leur fait à tant de petits grands hommes et de

faux génies, est-ce que M. Jullien ne pense pas à les réunir de même en volume? Qu'il le fasse au moins pour ceux qui visent les compositeurs les plus en vue et les plus adulés de nos jours, sans oublier ce qu'il a écrit depuis longtemps pour défendre et Wagner, et Berlioz, et Schumann.

C'est le moins qu'il doive aux morts — et surtout aux vivants.